Analyse de l'œuvre

Par Hudson Cleveland

Le Maître du Haut Château

Philip K. Dick

lePetitLittéraire.fr

Analyse de l'œuvre

Par Hudson Cleveland

Le Maître du Haut Château

Philip K. Dick

Rendez-vous sur lepetitlitteraire.fr et découvrez :

Plus de 1200 analyses
Claires et synthétiques
Téléchargeables en 30 secondes
À imprimer chez soi

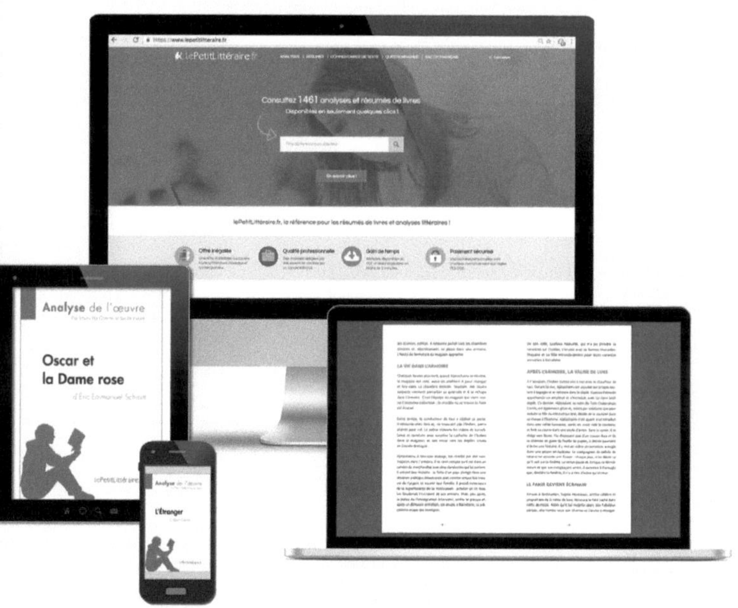

PHILIP K. DICK

ROMANCIER AMÉRICAIN

- **Né à Chicago, Illinois, en 1928.**
- **Décédé à Santa Ana, Californie, en 1982.**
- **Travaux notables :**
  - *Les androïdes rêvent-ils de moutons électriques ?* (1968), roman
  - *Ubik* (1969), roman
  - *A Scanner Darkly* (1977), roman

Philip K. Dick est l'un des auteurs de science-fiction les plus influents de tous les temps, ainsi que l'un des plus prolifiques. Avec plus de deux douzaines de romans et plus de 100 nouvelles publiées au cours de sa vie, la fiction de Dick explore des sujets philosophiques denses. Parmi ceux-ci, les plus remarquables et les plus fréquents sont sans doute la métaphysique et la nature de la réalité, ainsi que la question de savoir ce qui constitue un véritable être humain dans des mondes de plus en plus dominés par la réalité virtuelle, les androïdes et la commercialisation.

Bien qu'ils n'aient pas connu un énorme succès de son vivant, les romans de Dick ont été adaptés en de nombreux films acclamés par la critique (tels que *Blade Runner* [1982] et *Total Recall* [1990, 2012]), et ses œuvres sont généralement considérées comme fondatrices du genre de la science-fiction.

LE MAÎTRE DU HAUT CHÂTEAU

DANS UN FUTUR ALTERNATIF OÙ LES PUISSANCES DE L'AXE ONT GAGNÉ LA SECONDE GUERRE MONDIALE, LA DISTINCTION ENTRE LE RÉEL ET LA COPIE EST FLOUE.

- **Genre :** roman de science-fiction
- **Édition de référence :** Dick, P. K. (2015) *The Man in the High Castle*. Londres : Penguin Classics.
- **1ère édition :** 1962
- **Thèmes :** conflit international, science-fiction, réalité, simulacre, fiction d'après-guerre, Seconde Guerre mondiale, paranoïa, nationalisme, conscience nationale.

Dans les années 1960, dans ce qui était autrefois les États-Unis, le Japon et l'Allemagne ont divisé le continent en territoires. Le mystérieux M. Baynes arrive à San Francisco, en Californie, territoire japonais, en se faisant passer pour un vendeur. Mais sa présence déclenche et catalyse un conflit entre l'Allemagne et le Japon. Frank Frink, son ex-femme Juliana et Robert Childan sont pris dans le sillage de ce conflit international. Les événements suscitent deux questions : qu'est-ce qui est réel, et qui est l'homme du Haut Château ?

▌RÉSUMÉ

L'AMÉRIQUE D'APRÈS-GUERRE ET L'AMERICANA VINTAGE

Robert Childan, propriétaire d'un magasin d'antiquités, reçoit un appel d'un certain M. Tagomi, qui est frustré qu'un poster qu'il a commandé ne soit toujours pas arrivé. Après que Childan ait suggéré quelques pièces de remplacement, un jeune couple japonais entre en scène et il parvient à se sentir mieux en réalisant facilement une vente.

Frank « Poisson rouge » Frink est couché dans son lit tard dans la matinée. Il vit sur la côte ouest de ce qui était autrefois les États-Unis – après le jour de la capitulation en 1947, certaines parties du continent sont passées sous le contrôle du Japon, et d'autres du Troisième Reich allemand. En tant que Juif caché, Frink pense qu'il doit soit « s'entendre » (p. 18) avec son employeur Wyndam-Matson, soit avec les autorités japonaises – toute autre option le pousserait en territoire allemand, où il risquerait la mort si son identité était découverte. Parallèlement à la victoire des puissances de l'Axe lors de la Seconde Guerre mondiale, nous apprenons que l'Allemagne a « anéanti » (p. 17) l'Afrique et en a fait une colonie d'esclaves.

Frink consulte son exemplaire du *I Ching – le livre des changements*, un texte d'oracle taoïste – pour savoir comment parler au mieux à Wyndam-Matson, et s'il revoit un jour son ex-femme Juliana. L'oracle suggère la modestie pour le premier, et que Juliana n'était pas faite pour lui, même s'il l'aime toujours.

Nobusuke Tagomi consulte son propre *I Ching* pour discerner comment se déroulera sa rencontre avec son client, M. Baynes, à qui il était censé remettre la défunte antiquité de Childan. Tagomi fait appel à M. Ramsey, un homme originaire du Midwest américain, pour juger de l'authenticité des objets de remplacement que Childan apportera. L'oracle prédit que la rencontre avec Baynes se passera bien, et Tagomi en déduit qu'une relation de travail bénéfique pour son entreprise sera établie. L'oracle révèle également que Baynes est un espion – mais pour qui, Tagomi ne peut le savoir.

ARRIVÉE À SAN FRANCISCO

Childan arrive au Nippon Times Building à San Francisco avec sa nouvelle antiquité, un exemplaire du volume un, numéro un de *Tip Top Comics*. Pendant que Childan attend de trouver un esclavagiste noir pour prendre ses bagages, il réfléchit à son entrée dans le commerce des antiquités. À la suite d'une rencontre avec un ancien militaire, le major Ito Humo, il apprend la fascination des Japonais pour les objets de niche américains. Il s'est lancé « par étapes [...] dans le commerce » en réalisant la valeur de son « témoignage historique de première main » (p. 32) sur ces pièces de la culture vintage.

Juliana Frink, qui vit comme professeur de judo dans le Colorado, entame une discussion sur les relations raciales dans un restaurant de hamburgers avec deux camionneurs et le cuisinier. Les choses commencent à s'envenimer entre les camionneurs et le cuisinier, mais Juliana calme le jeu. Elle réfléchit aux nazis, qui étendent désormais leur empire sur la lune et sur Mars.

M. Baynes arrive à San Francisco à bord d'une fusée allemande. Il entame une conversation sur l'art avec un jeune Allemand à côté de lui. Baynes déclare aimer l'art abstrait, mais l'Allemand, Alex Lotze, produit lui-même un réalisme nazi idéaliste, qui évite la « décadence ». Alors que la conversation se poursuit avec une amabilité apparente, Baynes est de plus en plus irrité par les commentaires racistes de Lotze. Il réfléchit profondément à la psychologie de l'esprit belliciste et impérial des nazis. Alors que les deux hommes débarquent, Baynes avoue à Lotze – qui a revendiqué une parenté raciale avec lui – qu'il est juif et qu'il est en fait l'un des nombreux juifs secrets qui opèrent dans les hautes sphères de la société nazie, ce qui l'immunise contre tout rapport de la part de Lotze. Il semble faire cela uniquement pour contrarier Lotze.

Baynes rencontre Tagomi, qui lui offre l'antiquité qu'il vient d'acquérir auprès de Childan : une montre Mickey Mouse de 1938.

NOUVELLES ENTREPRISES

Frink se rend à la W.-M. Corporation. Corporation – une entreprise qui, en apparence, crée des accessoires pour les nouveaux immeubles d'habitation, mais qui fabrique également des ersatz d'antiquités et d'objets américains – pour demander à son employeur, Wyndam-Matson, de lui rendre son emploi. Mais Wyndam-Matson l'informe qu'il a déjà été remplacé. Le contremaître de l'atelier, Ed McCarthy, suggère à Frink de créer des bijoux personnalisés grâce à ses talents de faussaire. Frink rejette d'abord l'idée, mais consulte le Yi *King* et, sur la base de sa fortune favorable, revient vers McCarthy et convient que cette entreprise commerciale serait une bonne idée. McCarthy démissionne alors et se joint à l'entreprise.

Childan reçoit la visite d'un homme qui cherche à acheter pour des milliers de dollars de reliques de la guerre civile pour son patron, l'amiral Harusha. Childan lui montre un fusil, mais l'homme lui fait remarquer qu'il s'agit d'un faux, et repart, déçu. Childan passe frénétiquement quelques coups de fil : il découvre que le fusil a bien été vieilli artificiellement, mais aussi que l'homme est un imposteur. Il commence à retracer la provenance du pistolet, en commençant par son fournisseur Ray Calvin, afin de localiser la source des faux, et de découvrir l'ampleur de leur propagation dans son magasin.

Alors que Wyndam-Matson reçoit une jeune femme dans son appartement, il reçoit un appel de Ray Calvin, qui lui fait part de la préoccupation frénétique de Childan concernant les faux. Calvin dit que la qualité des faux est un problème. Wyndam-Matson pense que Frink et McCarthy ont quelque chose à voir avec le problème, mais ne peut pas dire comment. Après avoir mis fin à l'appel avec Calvin, Wyndam-Matson a une conversation sur l'authenticité avec la femme avec laquelle il trompe sa femme.

Baynes et Tagomi parlent d'une mystérieuse tierce personne qui va venir se joindre à leurs délibérations. Baynes pense que Tagomi pourrait savoir qu'il est secrètement juif, et regrette d'avoir contrarié Lotze.

CHANGEMENTS BUREAUCRATIQUES EN ALLEMAGNE

Juliana rentre chez elle après avoir fait ses courses et trouve Joe Cinnadella, le camionneur italien, encore endormi dans son lit. Il a été laissé derrière par son partenaire, ce qui est manifestement une habitude entre eux. Joe a l'intention de l'attendre lorsqu'il prendra le même chemin à son retour.

Juliana apprend l'implication de Joe dans la campagne germano-italienne au Caire. Les deux hommes parlent de *The Grasshopper Lies Heavy*, un roman de fiction interdit que Joe possède et qui décrit une histoire alternative dans laquelle les puissances de l'Axe perdent la Seconde Guerre mondiale. Juliana a du mal à cerner les sentiments de Joe concernant la guerre, les Allemands, les Juifs et les conflits internationaux. Les deux hommes écoutent une émission de radio, qui annonce la mort du chancelier Bormann, le successeur d'Hitler.

Tagomi a appris que Baynes n'est pas réellement suédois. Il est pressé d'assister à une conférence sur le remplacement du chancelier Bormann, mais tombe malade en cours de route et part plus tôt que prévu. De retour à son bureau, Baynes l'appelle pour lui demander si le tiers, M. Yatabe, l'a déjà contacté. Tagomi répond par la négative.

Frink et McCarthy ont réussi à faire appel à Wyndam-Matson pour obtenir des fonds pour leur nouvelle entreprise, et commencent à y travailler immédiatement.

L'HOMME DANS LE HAUT CHÂTEAU

Childan va dîner avec les Kasoura, le jeune couple de Japonais qui fréquentait son magasin. Bien que la conversation devienne parfois tendue, Childan ayant du mal à comprendre ce qu'ils approuvent exactement en termes de politique, il apprécie le repas et établit une relation fructueuse avec le couple. Ils lui recommandent le roman *Grasshopper*, dont il suppose qu'il crée une dystopie à partir d'un monde dirigé par les puissances alliées victorieuses. Lorsqu'il rentre chez lui, il est attendu par un « *pinoc* », un officier de police installé par le gouvernement japonais d'occupation. Il interroge Childan sur l'homme qui a dénoncé les fausses antiquités dans son magasin. Le *pinoc* répond que l'homme s'appelle Frank Frink.

Hugo Reiss, le consul du Reich à San Francisco, s'affaire au consulat alors que le monde continue de vibrer à l'annonce de la nomination du nouveau chancelier. Reiss, cependant, ne veut que finir son livre – un exemplaire de la *Sauterelle* – et le lit dès qu'il peut s'échapper. Bien qu'Allemand, il est totalement fasciné par les concepts du livre, qui déclenche en lui une paranoïa nazie : il s'interroge avec colère, puis décide que l'auteur doit être juif. Il est sur le point de lancer un avis de recherche pour le retrouver, car il est censé se cacher dans son « High Castle » dans le Wyoming, mais il s'en abstient, laissant à un supérieur le soin de s'en charger s'il en a envie.

BIJOUX EDFRANK

Après deux semaines de préparation assidue, Frink et McCarthy sont prêts à vendre leurs produits, baptisant leur entreprise « Edfrank ». Leur objectif est de saper les entreprises d'antiquités en mettant en évidence, comme Frink l'a fait chez Childan's, les faux produits, puis de fournir leurs nouvelles pièces contemporaines, faites à la main, de les créer et d'en accaparer le marché.

Cinnadella et Juliana ont prévu de faire un voyage ensemble.

M. McCarthy tente de vendre des bijoux à M. Childan, mais ce dernier le convainc d'en laisser en consignation à la place – un scénario commercial gagnant-gagnant pour M. Childan.

Baynes s'inquiète de l'absence de Yatabe, et finalement l'impatience de Tagomi de devoir attendre la tierce personne pousse Baynes à vérifier secrètement la progression de Yatabe vers San Francisco. Un contact infiltré au grand magasin Fuga lui dit de revenir le lendemain pour être mis au courant.

EN ROUTE POUR CHEYENNE, WYOMING, ET FRINK ET BAYNES SONT DÉCOUVERTS

Juliana lit *The Grasshopper* pendant que Joe les conduit à Denver. Ils parlent du livre, et Joe divague sur la « théorie de l'action » fasciste italienne. Après avoir réalisé que le « High Castle » d'Abendsen est relativement proche, les deux hommes décident de voir s'ils peuvent obtenir une audience avec le mystérieux auteur.

Tagomi reçoit un message de Yatabe en personne l'informant de son arrivée. Il en informe Baynes, qui décide avec enthousiasme de ne pas assister à son rendez-vous avec le contact du grand magasin.

Reiss est informé de l'existence d'un dissident politique et espion, Rudolf Wegener – la véritable identité de Baynes – par un fonctionnaire de la police allemande, Kreuz vom Meere. Le contact du grand magasin que Baynes a rencontré était manifestement un agent double travaillant pour l'Allemagne. Reiss reçoit l'ordre d'organiser la capture de Baynes, et le nouveau chancelier Goebbels appelle pour confirmer directement l'ordre de vom Meere.

Childan rencontre Paul Kasoura pour discuter du bijou. Kasoura décrit comment il s'est d'abord moqué de la pièce, mais a rapidement été hypnotisé et impressionné par son caractère artistique et son authenticité. Il suggère à Childan de les commercialiser en masse, mais Childan, sentant que l'offre commerciale est une manière subtile pour les Japonais de dévaloriser la culture américaine par l'auto-commercialisation, refuse finalement.

Frink, frustré par l'échec apparent de l'entreprise, démissionne. En sortant, il est arrêté pour avoir escroqué Childan – et pour être juif.

L'ARRIVÉE DE YATABE ET LE SIÈGE DU NIPPON TIMES BUILDING.

Yatabe arrive enfin au bureau de Tagomi, qui comprend rapidement qu'il s'agit du général Tedeki, l'ancien chef d'état-major impérial du Japon. Baynes arrive et explique à Tedeki le programme Löwenzahn (ou Pissenlit) du Reich allemand, une opération sous faux drapeau visant à lancer une attaque nucléaire contre les îles japonaises. Baynes et Tedeki discutent de plans pour subvertir l'opération maintenant que Goebbels a obtenu la chancellerie, lorsque des chemises noires allemandes prennent d'assaut le bâtiment pour kidnapper Baynes. Ils sont repoussés avec succès, Tagomi en tuant deux, mais ne laissent aucun lien avec le Reich, et donc aucun moyen pour le Japon de condamner les nazis.

LE HAUT CHÂTEAU SE RAPPROCHE

Joe achète à Juliana une surabondance de vêtements à Denver, et semble distant. Juliana se rend compte, une fois qu'ils ont atteint leur chambre d'hôtel, qu'il est en mission pour assassiner Abendsen. Joe l'a emmenée car Abendsen est prétendument attiré par les femmes comme elle. Juliana a une crise d'angoisse et parvient à couper la carotide de Joe avec une lame de rasoir. Elle quitte l'hôtel en promettant de se faire aider, mais s'enfuit et appelle la résidence des Abendsen pour demander si elle peut leur rendre visite. Elle a l'intention de prévenir l'auteur du danger.

LES RÉFLEXIONS DE TAGOMI
SUR LA MORT

Tagomi erre dans la ville et réfléchit aux hommes qu'il a tué en état de légitime défense. Il tente de revendre son arme à Childan, qui refuse et lui offre à la place un des bijoux d'Edfrank. Tagomi a failli voir ce que Childan et Kasoumi ont vu en eux, mais il semble échouer. Il retourne au Nippon Times Building et réprimande le consul allemand, Reiss, avant de faire une crise cardiaque. Frink est libéré de sa garde à vue sans raison, et retourne travailler avec McCarthy.

BAYNES CAPTURÉ

Baynes, sous le nouveau pseudonyme de Conrad Goltz, s'envole pour l'Allemagne, où il est arrêté. Il espère que Tedeki parviendra à perturber l'opération Pissenlit, ou que la machine de guerre nazie s'autodétruira par un conflit interne à un moment indéterminé.

Juliana apprend par le journal que Joe a été retrouvé mort. Elle termine *La Sauterelle* lorsqu'elle arrive à Cheyenne, dans le Wyoming, où vit Abendsen.

THE MAN IN THE HIGH CASTLE
ET LE MONDE RÉEL

Elle arrive à la maison des Abendsen et est surprise de constater qu'il ne s'agit pas d'un « Haut Château » ou d'une forteresse, comme on le croit généralement, mais d'un immeuble de banlieue normal, non gardé. Elle rencontre Hawthorne Abendsen, l'auteur de *La sauterelle*, et lui dit qu'elle a découvert le roman : il a été écrit en utilisant le *Yi King*. En utilisant le *Yi King* avec Abendsen et les invités de sa maison comme témoins, Juliana demande ce qu'ils sont censés apprendre du roman ; ils découvrent en posant cette question que le roman est vrai, et qu'en réalité, l'Allemagne et le Japon ont perdu la guerre. Juliana part, en se disant qu'elle pourrait peut-être retourner chez Frink.

ÉTUDE DE CARACTÈRE

FRANK FRINK

Après avoir changé son nom de Frank Fink pour éviter les persécutions liées à son judaïsme, Frink travaille pendant des années à la fabrication de faux objets américains anciens. Il démissionne pour se lancer dans la création de bijoux personnalisés et originaux avec le contremaître de son employeur, Ed McCarthy, sapant ainsi le marché des antiquités américaines. Il consulte souvent le *Yi King* pour s'orienter, et est l'ex-mari de Juliana, dont il se languit toujours.

Frink n'a pas d'influence manifeste sur le récit, qui est lui-même centré sur une crise internationale croissante. Cependant, sa participation à la création de faux permet l'un des commentaires les plus directs sur l'opposition entre « authentique » et « faux ». Ses liens avec Childan et Juliana, et par extension avec Tagomi, Baynes, Abendsen et bien d'autres, relient son histoire plutôt simple d'individualisme et de liberté par rapport à la commercialisation à une histoire plus vaste impliquant des acteurs internationaux.

L'entreprise de Frink avec McCarthy représente une revitalisation des œuvres artistiques authentiques, libres de tout intérêt commercial et de toute production de masse.

ROBERT CHILDAN

Childan possède un magasin réputé pour ses antiquités américaines, très prisées par la population japonaise des territoires américains occupés. Homme frénétique intéressé par les grosses ventes, il est de plus en plus inquiet lorsque l'authenticité de ses œuvres est remise en question. Il a un point de contact important avec le couple Kasoura, qui l'aide par inadvertance à prendre conscience qu'il était complice de la banalisation de la culture américaine.

RUDOLF WEGENER (M. BAYNES)

Espion au sein du Reich allemand, Wegener se déguise en homme d'affaires suisse sous prétexte de vendre des « moules d'injecteurs » à Tagomi afin d'avertir les autorités japonaises de l'opération Pissenlit, un complot allemand visant à déclencher une attaque nucléaire sur les îles intérieures japonaises. Wegener s'inquiète de plus en plus de la lenteur du médium japonais, le général Tedeki, mais il se montre compétent sous la contrainte. Il avoue qu'il agit en tant qu'individu, ne travaillant pour aucune agence mais guidé uniquement par son propre jugement moral.

NOBUSUKE TAGOMI

Homme d'affaires japonais travaillant dans le Nippon Times Building, Tagomi est l'alibi de la rencontre entre Tedeki et Baynes. Comme beaucoup de personnages japonais du roman, il se fie au *Yi King* pour guider sa vie, mais lorsqu'il tue deux hommes pour en sauver un – Baynes – son esprit bouddhiste japonais ne sait pas comment concilier le déséquilibre entre les vies perdues et sauvées. Il semble cependant commencer à trouver du réconfort dans l'équilibre des œuvres artisanales d'Edfrank.

JULIANA FRINK

Juliana travaille comme professeur de judo dans le Colorado. Elle est décrite comme belle et de teint «moyen-oriental ou méditerranéen» (p. 202). Après avoir rencontré Joe Cinnadella, elle apprend l'existence de *The Grasshopper Lies Heavy*, un roman de Hawthorne Abendsen qui décrit une histoire alternative dans laquelle les puissances de l'Axe ont perdu la guerre; elle est rapidement fascinée par le livre. Elle a une grande dévotion pour le *Yi King*, à tel point qu'elle est la seule à découvrir que The Grasshopper *Lies Heavy* a été écrit uniquement grâce à ce texte de voyance.

Juliana a un désir de relation qui l'a finalement amenée à s'unir à Joe Cinnadella, malgré des signes d'avertissement abusifs. Malgré le passé supposé de Joe, qui est violent et fasciste, elle n'a guère de mal à condamner le fascisme italien et allemand.

HUGO REISS

Reiss est le consul du Reich à San Francisco. Il reçoit l'ordre d'organiser le raid sur le Nippon Times Building, ce qui lui vaut l'ire de Tagomi.

Même s'il s'agit d'un texte antinazi, Reiss fait partie des nombreuses personnes qui sont captivées par *The Grasshopper Lies Heavy*.

GÉNÉRAL TEDEKI (YATABE)

Tedeki est la « tierce partie » qui rencontre Tagomi et Baynes. Il est l'ancien chef d'état-major impérial du Japon, agissant en tant qu'ambassadeur du gouvernement japonais pour recueillir le rapport de renseignement de Baynes sur l'opération Dandelion.

ED MCCARTHY

McCarthy est celui qui a suggéré à Frink de créer un nouveau marché pour les œuvres originales, et l'aide à le faire avec l'entreprise « Edfrank ». Bien qu'il soit doué pour la création de bijoux et qu'il soit jovial et bavard, McCarthy est un vendeur maladroit, et rédige un mauvais contrat de consignation avec leur seul point de contact fructueux, Childan.

PAUL ET BETTY KASOURA

Les Kasoura sont un jeune couple japonais qui fréquente le magasin de Childan. Childan établit une relation informelle avec le couple, dans le but d'obtenir de nouvelles affaires. Bien qu'il s'agisse d'un couple japonais apparemment typique, Paul manœuvre habilement et subtilement Childan pour qu'il désavoue – puis réaffirme – les capacités artistiques américaines.

HAWTHORNE ABENDSEN

Abendsen est l'auteur de *The Grasshopper Lies Heavy*, une histoire alternative dans laquelle les puissances de l'Axe ont perdu la guerre, qui pourrait constituer la réalité. Il vit avec sa famille dans une maison sans prétention, bien que la rumeur populaire dise qu'il vit dans une forteresse ressemblant à un « Haut Château », et ne semble pas se soucier du fait qu'il pourrait un jour être tué par les nazis pour ses écrits.

JOE CINNADELLA

Joe Cinnadella est un Suisse déguisé en camionneur italien, chargé d'assassiner Abendsen. Il convainc Juliana de l'accompagner à Denver, dans le Colorado, puis à Cheyenne, dans le Wyoming, sous prétexte de vacances – la véritable raison étant que, selon la rumeur, Abendsen est attiré par les femmes qui lui ressemblent, c'est-à-dire celles qui ont un teint « moyen-oriental ou méditerranéen » (p. 202). Joe est tué par Juliana après avoir découvert ses véritables intentions.

ANALYSE

AUTHENTIQUE » ET « FAUX ».

L'un des thèmes favoris de Philip K. Dick, l'exploration principale du roman est la distinction entre quelque chose de «réel» et quelque chose qui n'est qu'une copie de la réalité – mais pratiquement impossible à distinguer de l'original. La tension naît lorsque divers individus et groupes soulignent l'importance de l'original, alors que le monde semble être inondé de copies et de faux bien cachés.

L'exemple le plus flagrant de cette dynamique est le marché des antiquités américaines et l'injection secrète, mais lucrative, de faux sur ce marché. Le marché prospère grâce à de riches connaisseurs japonais qui ignorent ce qui différencie les antiquités et les artefacts «authentiques» des «faux»; leur intérêt réside dans les projections de la «culture américaine authentique» qui ne peuvent être confirmées que par des experts extérieurs tels que Childan. Ironiquement, cependant, l'expertise de Childan n'est que moyenne: Frink se montre beaucoup plus compétent que le vendeur d'antiquités, bien qu'il soit à l'origine des faux et des contrefaçons (et à cause de cela).

La nécessité de faire appel à des experts extérieurs est affirmée avec Wyndam-Matson, qui montre à son tryst que si deux briquets sont aussi identiques que possible, l'un a été utilisé par FDR [Franklin Delano Roosevelt], et l'autre n'en est qu'une copie – et il a des papiers qui prouvent lequel est lequel. Wyndam-Matson note que « le papier prouve sa valeur, pas l'objet lui-même » (p. 66).

Une deuxième couche de « faux » réside dans les personnalités. Frink, Joe, Baynes et Abendsen, entre autres, prétendent tous être des personnes qu'ils ne sont pas, mais il n'y a aucun moyen de prouver leur « vraie » identité jusqu'à ce que la bonne autorité le réclame, ou qu'ils la révèlent eux-mêmes. Cette dynamique joue un rôle particulier dans l'analyse de la paranoïa raciale des nazis, puisque les voyages dans l'espace et l'opération Pissenlit apparaissent comme l'avant-dernière étape de ce qui deviendra un « holocauste ultime » de toute l'humanité, débarrassant la machine de guerre nazie de la nécessité de s'inquiéter de l'existence de Juifs secrets tels que Frink. La solution nazie à l'effacement de la ligne de démarcation entre l' »authentique » (aryen) et le « faux » (juif) consiste à faire disparaître complètement le binaire par la destruction complète de l'homme.

La solution opposée, qui n'est pas tant une solution qu'une reconnaissance de la fragilité de la dichotomie « réel-irréel », réside dans l'analyse que fait Juliana du Yi *King* et de *The Grasshopper Lies Heavy*. Lorsqu'elle découvre que le roman a été entièrement écrit à l'aide du *Yi King* et qu'il constitue vraisemblablement le « monde réel », elle adhère pleinement à la philosophie mise en avant par le Yi King : se soumettre humblement au sort que le monde vous réserve.

LE GENRE SCIENCE-FICTION

Bien que le roman ne soit pas principalement axé sur les technologies futuristes et sur la façon dont les humains pourraient vivre dans une société qui en serait inondée, *The Man in the High Castle* appartient tout de même au genre de la science-fiction. Dans cette histoire alternative, l'Allemagne a non seulement déjà volé vers la lune, mais aussi vers Mars, avec des plans pour aller vers d'autres planètes du système solaire, et cette obsession nazie de la conquête omniprésente sous-tend l'ensemble du récit. En outre, la fusée a permis à des personnes de se rendre dans des pays différents en moins d'une heure.

Les autres romans de Philip K. Dick projettent des idées similaires concernant la technologie : elle est tellement omniprésente qu'elle semble tout à fait naturelle. On ne peut pas non plus dire qu'il s'agit d'une progression ascendante toujours positive dans laquelle la technologie s'améliore et donc la société s'améliore ; le progrès technologique complique en fait la vie sociale.

Un premier exemple de cette complication de la vie sociale réside dans la capacité de nombreuses personnes, comme Frink, à faire des copies d'originaux – une capacité qui n'est réellement possible qu'avec un équipement industriel (à l'époque) assez futuriste. Comme indiqué dans la section précédente, la multiplicité des copies brouille la frontière entre « réel » et « irréel ».

LA SECONDE GUERRE MONDIALE ET LA DOMINATION DE L'AXE

Philip K. Dick s'est donné beaucoup de mal pour construire un monde dans lequel les puissances de l'Axe – Allemagne, Japon et Italie en tête – ont gagné la Seconde Guerre mondiale. La vie américaine s'est considérablement transformée, de grandes parties du continent étant sous contrôle japonais ou allemand, et les citoyens occupants de ces pays étant déclarés, avec une autorité tacite, supérieurs à la population indigène. La politique entre les deux pays victorieux est vaste et labyrinthique, et Dick inclut une longue exégèse sur la guerre de succession fictive au sein de l'Allemagne pour la chancellerie après la mort du successeur d'Hitler, Bormann. Cette guerre de succession inclut des personnages historiques réels, Joseph Goebbels, l'ancien ministre de la propagande du Reich dans l'Allemagne nazie réelle, finissant par occuper le poste.

L'un des résultats de cette construction alternative complexe est une analyse de la psychologie culturelle des nazis et des Japonais impériaux. Dick, né en 1928, aurait grandi pendant toute la durée de la Seconde Guerre mondiale et aurait eu 17 ans à la fin de celle-ci, en 1945. *The Man in the High Castle* semble donc être sa façon de comprendre ce qui s'est passé au cours de ces années turbulentes par le biais d'une histoire alternative, qui lui permet de projeter les objectifs des nazis et des Japonais dans leurs inévitables conclusions.

Le mode de pensée nazi est emblématisé par Reiss, dont la paranoïa à l'égard des agents juifs cachés le conduit à presque ordonner une attaque militaire contre le « château » d'Abendsen. Baynes, réfléchissant sur les nazis, pense que « leur pensée tend vers ce Götterdämmerung. Il se pourrait bien qu'ils en aient envie, qu'ils le recherchent activement, un holocauste final pour tous » (p. 234). Le terme « Götterdämmerung » fait référence à la mythologie allemande, plus précisément à l'événement au cours duquel tous les dieux et toutes les choses sont détruits dans une bataille finale contre les forces du mal – une référence appropriée pour un groupe politique qui envisage l'anéantissement d'un pays entier, le Japon, au moyen d'armes nucléaires.

Tagomi et Paul Kasoura illustrent le processus de pensée japonais. Kasoura, Childan s'en rend compte, l'encourage subtilement à participer à la dissolution de sa propre culture – ou, espérons-le, à la sauver en résistant à l'envie capitaliste américaine de produire en masse. Tagomi, élevé dans la religion bouddhiste et fervente adepte du *Yi King*, montre le résultat le plus autodestructeur d'un tel état d'esprit, rationnel et axé sur l'échange individuel : avec la découverte de l'opération Pissenlit et le meurtre de deux hommes pour n'en sauver qu'un, il sombre lentement dans la dépression. Ce n'est qu'après avoir découvert l'« équilibre » de l'art d'Edfrank, un équilibre qui n'a pu être atteint que par l'intermédiaire de son compatriote Kasoura, qu'il commence à sortir de son état mental négatif. Ces deux hommes font preuve d'une introversion, accentuée par une culture japonaise qui punit ceux qui montrent trop leurs sentiments intérieurs.

QUELQUES QUESTIONS À MÉDITER...

- Quelle est l'importance de la différence entre « vrai » et « faux », « authentique » et « contrefait » ? Cette distinction a-t-elle une quelconque importance ?
- Qu'accomplit Philip K. Dick en créant une histoire alternative, dans laquelle les puissances de l'Axe ont gagné la Seconde Guerre mondiale ? Quels sont les thèmes qu'il explore et qu'il n'aurait peut-être pas pu explorer s'il n'avait pas créé cette histoire alternative ?
- Comment le roman envisage-t-il la commercialisation et la production de masse d'œuvres artistiques ou d'artefacts historiques ?
- Bien qu'ils ne se croisent jamais dans le roman, Juliana et Frank Frink ont été mariés. De quelle manière leur relation façonne-t-elle la structure narrative ?
- Bien que Frank Frink doive déguiser son judaïsme afin d'éviter la persécution, il se conforme ainsi à un stéréotype racial : les Juifs se cachent parmi la population et contrôlent les événements depuis l'ombre. En gardant à l'esprit les préjugés raciaux dont font preuve plusieurs personnages du roman, comment la race et le racisme fonctionnent-ils dans un monde où la distinction entre « vrai » et « faux » est floue ?
- De nombreux romans de Philip K. Dick traitent d'inventions et de futurs de science-fiction de haute technologie, et bien que l'on retrouve de tels aspects

dans *L'homme dans le haut château*, leur présence est atténuée par rapport à l'accent mis sur les conflits internationaux et internes. Dans quel but Dick utilise-t-il la technologie de science-fiction dans ce roman particulier? Quelles considérations semblent être prises en compte?

- Le *Yi King*, ou *Livre des changements*, indique à ses lecteurs comment façonner et saisir leur avenir, tout autant que le livre semble façonner cet avenir lui-même. Comment le roman explore-t-il la voyance?
- Comment le roman explore-t-il la relation entre le passé, le présent et l'avenir?

AUTRES LECTURES

EDITION DE RÉFÉRENCE

- Dick, P. K. (2015) *The Man in the High Castle*. Londres : Penguin Classics.

ADAPTATIONS

- *The Man in the High Castle*. (2015-présent) [Série télévisée]. Frank Spotnitz, créateur. États-Unis : Amazon Studios.

Votre avis nous intéresse !
Laissez un commentaire sur le site de votre librairie en ligne
et partagez vos coups de cœur sur les réseaux sociaux !

lePetitLittéraire.fr

- des analyses de livres
- des fiches de lectures
- des commentaires littéraires
- des questionnaires de lecture
- des résumés

**Retrouvez
notre offre complète sur
lePetitLittéraire.fr**

www.lepetitlitteraire.fr

ISBN version numérique : 9782808684125
ISBN version papier : 9782808684927
Dépôt légal : D/2023/12603/992

Conception numérique : Primento,
le partenaire numérique des éditeurs.